LES

DRAMES

DE LA

POLITIQUE

LA CONCIERGERIE — BICÊTRE — LA RICAMARIE

PAR

LÉON HECKISS

AVEC UNE

PRÉFACE DE JULES AMIGUES

PARIS

E. LACHAUD, LIBRAIRE-ÉDITEUR

4, PLACE DU THÉATRE-FRANÇAIS, 4

1869

LES

DRAMES DE LA POLITIQUE

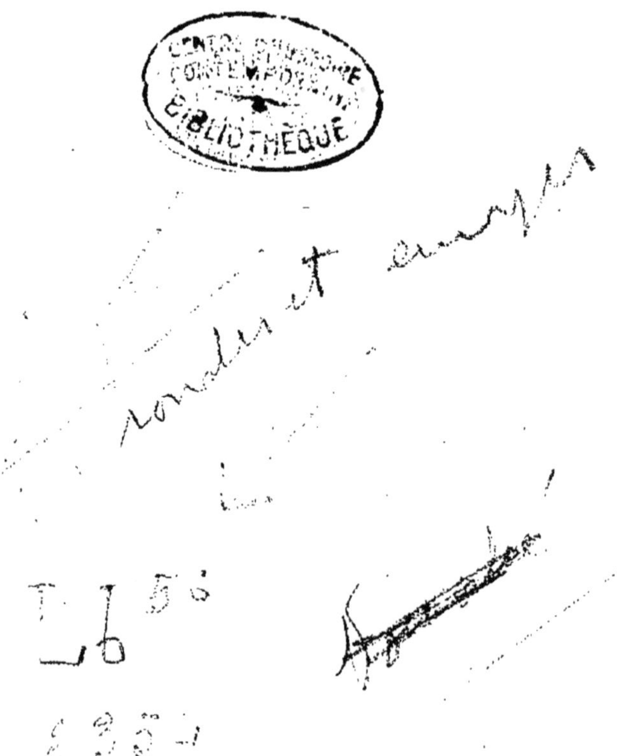

LES

DRAMES DE LA POLITIQUE

LA CONCIERGERIE
BICÊTRE — LA RICAMARIE

PAR

LÉON HECKISS

AVEC UNE PRÉFACE

DE

JULES AMIGUES

PARIS
E. LACHAUD, LIBRAIRE-ÉDITEUR
4, PLACE DU THÉATRE-FRANÇAIS.

Écrit après une visite au fort de Bicêtre, le 13 juin 1869.

Il y a quelques années — c'était, si je ne me trompe, au commencement de 1861, — il m'arriva de visiter les prisons de Naples.

C'était, en ce pays violent, une époque particulièrement troublée.

Le gouvernement italien venait d'hériter de l'effroyable chaos politique, administratif, moral, pénal, universel, en quoi se résumait le régime bourbonnien.

Aux crimes et délits qui alimentent d'ordinaire les sévérités de la loi se joignaient les crimes extraordinaires de la politique et ceux qui lui empruntent un prétexte.

Les émeutiers et les brigands étaient venus grossir dans les prisons le classique contingent des assassins et des voleurs.

C'est dire assez que les prisons étaient pleines.

J'allais de salle en salle, escorté d'un inspecteur, à travers les horreurs indicibles de la Vicaria-Vecchia.

Il y avait telle de ces salles où le pavé humide était marbré de plaques rouges.

C'était le sang de quatre détenus assassinés la veille par leurs camarades.

On avait enlevé les corps.

On n'avait pas eu le temps de laver le sang.

Ou, peut-être, on n'avait pas osé ; car l'aspect de ces ruches immondes, où cent, cent vingt, cent cinquante malheureux de toutes conditions et des criminalités les plus diverses grouillaient entassés par le hasard de la vengeance légale, était loin d'être rassurant.

Dans l'une d'elles, où il y avait de tout, — des vieillards, des hommes mûrs et des enfants de quinze ans, des condamnés à mort à qui l'on permettait de vivre, des assassins condamnés au bagne à perpétuité, des marchands en faillite, des politiques malencontreux,

des charretiers pris en contravention et des caissiers surpris en bonne fortune, — je fus assailli par les réclamations d'un groupe nombreux.

Ces pauvres gens me prenaient, moi, simple curieux impuissant et navré, pour quelque autorité de l'administration ou de la politique.

Celui-ci me demandait sa grâce en s'agenouillant et me baisant les mains ; et, comme je l'interrogeais sur les causes de son emprisonnement, il me répondait avec cette candeur dans la férocité qui est une des caractéristiques de ce pays : « qu'il avait tué sept personnes, mais qu'il y avait si longtemps, si longtemps ! »

Je voulus m'enquérir combien il y avait de temps. Il me dit qu'il ne le savait pas.

Depuis des années et des années, cet homme ne comptait plus ni les années, ni les mois, ni les jours.

Un autre, plus habile à supputer la menue monnaie de son existence, m'assurait qu'il avait fini sa peine depuis cinq ans, mais qu'on ne le faisait pas sortir parce qu'on ne pouvait pas constater son identité.

Je demandai à l'inspecteur qui m'accompagnait si la chose était vraie ; il me répondit qu'elle était possible.

Sous le régime paterne des Bourbons de Naples, que

le gouvernement italien n'avait pas eu encore le temps de réformer, le sans-façon des registres d'écrou, combiné avec la promiscuité des prisonniers, faisait qu'un criminel, après avoir subi sa peine, pouvait être retenu en prison indéfiniment, faute de pouvoir prouver qu'il avait le droit d'en sortir.

Quelques-uns, parmi ces condamnés sans terme, en venaient à ne pas protester et s'immobilisaient dans leur coin de prison comme un coquillage dans un pli de roche : là, du moins, ils étaient à peu près assurés de ne pas mourir de faim.

Un autre sollicitait de ma munificence treize sous qui lui étaient nécessaires pour dresser sa demande d'élargissement. Faute de onze sous pour achat de papier timbré et de deux sous pour honoraires de l'écrivain de la prison, il était, disait-il, indûment retenu depuis des années.

Stupéfait, je me retournai encore vers l'inspecteur.

Il ne sourcillait pas et convint encore que la chose était possible.

Tout ceci, qu'on le sache bien, n'est point du roman, de la fantaisie, du drame fait à plaisir.

C'est la stricte et rigoureuse et implacable vérité.

Or, comme je m'éloignais de ces misérables, après

avoir fait ou promis de faire ce que je pouvais faire pour eux, un autre s'approcha de moi.

C'était un grand jeune homme de 22 à 23 ans, au visage mâle et doux.

Il était vêtu d'une casaque rouge : ce qui me l'avait fait prendre tout d'abord pour un galérien égaré hors de son bagne dans cet autre pandémonium de l'infamie et du crime.

En le voyant de plus près, je reconnus sur ses manches le parement vert des compagnons de Garibaldi.

Il m'aborda très-poliment et, à ma grande surprise, me demanda en français si je n'étais pas Français.

Il m'avait reconnu pour tel à quelque nuance de mon accent.

Je lui fis conter son histoire.

Il s'appelait — je ne suis pas très-sûr du prénom, mais je suis sûr du nom — Adolphe Boucher.

Aux premiers jours de l'occupation de Naples par les garibaldiens, il avait, me dit-il, tué, à la suite d'une querelle qu'il n'avait pas provoquée, un ex-officier bourbonnien.

Et, comme la chose s'était compliquée de tapage nocturne, on l'avait pris et mené à la Vicaria-Vecchia, dans la salle dont j'ai dit la composition.

Il y avait huit mois qu'il était là, attendant son jugement, auquel personne ne paraissait songer.

Il n'avait pas été interrogé une seule fois.

Je l'exhortai à prendre patience et lui promis de faire connaître, dès le soir même, son affaire au consul de France.

En prenant congé de moi :

— Je vous en prie, monsieur, me dit-il, faites vite. Il me faut sortir d'ici ou mourir. Vous ne savez pas, vous ne pouvez pas savoir ce qui se passe ici quand la nuit est tombée.

Et il s'éloigna en mettant les deux mains sur ses yeux.

Il pleurait.

Ce qui lui arrachait ces larmes, ce n'était pas de la faiblesse, ce n'était pas de la douleur, c'était je ne sais quoi comme une honte furieuse, quelque chose comme le désespoir d'une jeune fille outragée, ressenti par l'âme vigoureuse et fière d'un jeune homme de vingt ans.

Je vis, le soir même, le consul de France, et quittai Naples peu de jours après.

Je ne sais pour quelle cause, la requête du pauvre

jeune homme demeura sans effet; car, quelques mois plus tard, un de mes amis, qui se rendait à Naples, et que je priai de s'enquérir de son sort, apprit qu'il s'était tué dans sa prison.

Certes, les horreurs que je viens de dire n'ont point d'égales dans ce qui se passe à cette heure à Bicêtre, et pourtant ce que j'y ai vu a éveillé en moi les impressions de dégoût et de tristesse que j'avais ressenties à la Vicaria-Vecchia.

Là aussi les coupables et les innocents, les scélérats et les imprudents, les gens de mauvaise vie et les hommes honorables sont confondus et couchent côte à côte sur la paille, accumulés par groupes de plus de cent dans une casemate.

Là aussi les vérifications de l'identité sont lentes et difficiles.

Là aussi les communications avec le dehors, les réclamations de ceux qui souffrent sans l'avoir mérité ou plus qu'ils ne l'ont mérité, sont entravées par les rigueurs d'un formalisme rigoureux, quoique peut-être nécessaire.

Là aussi j'ai vu un jeune homme, de condition aisée

et d'habitudes élégantes, pleurer en demandant qu'on l'arrachât à d'effroyables voisinages.

Assurément, il est aisé de se rendre compte qu'une organisation improvisée pour des nécessités imprévues laisse grandement à désirer, et ma pensée n'est point ici de soulever contre l'administration, judiciaire ou policière, des colères que sans doute elle ne mérite pas.

Les facilités que la préfecture de police nous a fournies pour visiter les prisonniers prouvent, tout au contraire, qu'elle a la conscience de ne rien faire d'intentionnellement abusif, qu'elle a le ferme vouloir de ne rien cacher, et nous lui adressons ici, sur l'esprit qui règle sa conduite, les plus sincères félicitations. Mais sans insister autrement sur des détails qu'on trouvera plus loin, il est permis de se demander :

1° Si l'on ne pouvait pas, soit à la Conciergerie, soit à Bicêtre, au fur et à mesure de l'arrivage des prisonniers, opérer, grâce à cette science de la physionomie que donne la longue pratique des rapports avec le personnel ordinaire du crime ou de l'égarement, une classification provisoire de nature à atténuer de douloureux contacts ;

2° Si, au lieu de faire passer par la préfecture de

police les lettres écrites par les prisonniers à leurs parents ou à leurs amis du dehors, on n'eût pas pu accélérer le résultat de leurs réclamations en détachant, au fort même de Bicêtre, un ou plusieurs fonctionnaires chargés de faire sur place le service qu'ils font, consciencieusement sans doute, mais tardivement, à la préfecture de police ;

3° Si enfin et surtout un service d'instruction judiciaire n'eût pas dû être institué en permanence à Bicêtre, dès la première heure où a commencé d'y arriver, par convois successifs, cette masse d'un millier de détenus, parmi lesquels on peut augurer qu'un tiers au moins seront reconnus innocents.

Nous savons, au surplus, que l'instruction commence aujourd'hui même : c'est-à-dire que, selon toute apparence, notre vœu s'accomplit à l'heure même où nous l'exprimons. Mais nous n'en croyons pas moins bien faire en faisant connaître l'impression que nous a laissée notre visite à Bicêtre. Si elle n'est point pour l'autorité un stimulant nécessaire, elle sera, en tous cas, un utile avertissement pour ceux que leur imprudence seule a pu exposer aux rigueurs que nous signalons.

Quant à l'instruction qui commence, tout en espérant

qu'elle sera rapide, nous désirons par-dessus tout qu'elle soit scrupuleuse et que les résultats en soient livrés sans réticence ni réserve à l'appréciation du public. Il convient, il faut qu'on sache exactement quelle est la véritable part de la passion politique dans les désordres de ces derniers jours.

Il est indispensable que l'administration et la police, accusées par quelques-uns d'en être la cause première, ou tout au moins de s'être appliquées à les exagérer, se lavent entièrement de ce reproche.

Il est nécessaire que les fauteurs réels en soient découverts et punis, à quelque condition et à quelque parti qu'ils appartiennent : l'ordre public troublé, la liberté outragée, le suffrage universel méconnu veulent une réparation.

Mais cette réparation une fois donnée par le châtiment des vrais coupables, nous supplions instamment les dépositaires du pouvoir judiciaire de ne point se laisser entraîner sur la pente des sévérités inutiles; nous supplions surtout celui qui tient dans ses mains le sublime droit de grâce de ne point oublier, à cette heure où tant et de si graves préoccupations doivent harceler en lui la responsabilité et la conscience, le noble conseil qu'un de nos glorieux poëtes met dans la bouche morte de l'empereur Charlemagne, parlant du fond de la tombe à l'empereur Charles-Quint :

Tout pressé, tout pressant, tout à faire à la fois,
Je t'ai crié : « Par où faut il que je commence ? »
Et tu m'as répondu : « Mon fils, par la clémence. »

Belle et grande leçon de la poésie à la politique.

Grave leçon aussi du poëte au poëte lui-même, qui depuis, abandonné par le doux génie du Pardon, s'est laissé séduire par les grâces horribles de la Vengeance.

JULES AMIGUES.

LA CONCIERGERIE

LE 12 JUIN 1869

Les troubles déplorables dont Paris est le théâtre depuis quelques jours ont motivé des arrestations nombreuses, qui ont d'autant plus ému le public, que certaines personnes avaient fait courir des bruits de toute nature sur les traitements que l'administration faisait subir aux personnes arrêtées par la police.

Nous avons pensé qu'il serait intéressant pour tous de connaître l'impression personnelle d'un témoin oculaire et désintéressé, et nous avons sollicité de la direction des prisons la permission de visiter la Conciergerie et la prison provisoire établie dans le fort de Bicêtre. Dans les circonstances actuelles, cette administration ne pouvait nous donner l'autorisation que nous sollicitions;

et il nous fallut recourir à M. le préfet de police lui-même, qui eut l'extrême obligeance de lever tous les obstacles.

Muni d'un précieux autographe émanant de son cabinet, nous allâmes nous présenter à la porte de la Conciergerie, où il nous fallut parlementer avec un premier gardien.

Nous franchissons une première grille et nous nous trouvons dans une cour dont l'un des côtés est garni de bottes de paille. Là sont étendus de nombreux sergents de ville qui semblent harassés de fatigue.

Nous traversons la cour et arrivons à une deuxième grille où il nous faut parlementer avec un nouveau gardien. Enfin, M. le directeur, qui vient de recevoir l'avis de la permission qui nous a été accordée, arrive et se met à notre disposition avec une affabilité des plus grandes.

∴

Il nous fait d'abord traverser une grande salle remarquable par la beauté de sa double rangée d'arceaux gothiques reposant sur des piliers, dont l'un retrace en haut-relief le malheur qui mit fin aux amours d'Héloïse et d'Abéilard. Chemin faisant, M. Grosbon, le directeur de la Conciergerie, nous indique qu'à son arrivée dans cette salle chaque personne arrêtée doit donner ses nom et prénoms, lesquels sont immédiatement inscrits sur de longues fiches disposées *ad hoc*.

∴

Nous continuons et nous arrivons à une troisième grille que nous franchissons pour pénétrer dans une sorte de long couloir garni sur un des côtés par de petites cellules en bois, dont quelques-unes sont brisées et dont les débris sont encore étendus sur le sol.

M. le directeur nous explique que les personnes arrêtées le premier jour étaient beaucoup plus surexcitées que les autres, et que ce sont elles qui ont fait ces dégâts.

. ˙ .

Dans ce couloir se promènent de long en large soixante-dix ou quatre-vingts détenus, provenant des razzias opérées par la police sur le boulevard Montmartre ou les rues adjacentes pendant la nuit de vendredi à samedi. Ils paraissent pour la plupart appartenir aux classes aisées de la société; les visages sont abattus, bien des yeux gardent la trace de larmes mal essuyées. C'est le cœur serré que nous nous découvrons devant ces hommes malheureux; tous nous rendent notre salut avec un empressement navrant; hélas! chacun nous croit sans doute plus de pouvoir que nous n'en avons. Le directeur est entouré, il ne sait lequel entendre, ni auquel répondre ; il écoute cependant avec une grande bienveillance les questions, les prières, et même les reproches qui lui sont adressés.

Il parle à tout le monde, et avec une grande douceur il console et encourage les uns, il exhorte les autres à prendre patience, il reconnaît que le service laisse à

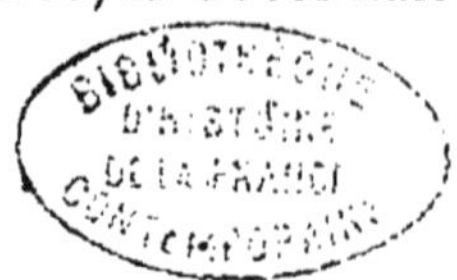

désirer, il s'excuse sur la difficulté, sur l'impossibilité de faire mieux au milieu d'un pareil encombrement ; il assure qu'il fera personnellement tout ce qui lui sera possible pour adoucir la triste position dans laquelle se trouvent les détenus ; — il ajoute que le personnel souffre également, car depuis trois jours et trois nuits, directeurs et employés sont sur pied, sans avoir pu prendre une heure de repos.

. ˙ .

Un jeune homme élégamment mis s'approche du directeur et se plaint de ce que, depuis douze heures, même à prix d'argent, il n'a pu obtenir qu'on lui serve quoi que ce soit à manger. — Le directeur s'étonne d'un semblable retard dans le service. Le gardien interpellé s'excuse sur la fatigue générale, et ajoute que le potage est prêt à être servi. Il y a là, en effet, deux grandes marmites ou plutôt deux grands seaux de cuivre dans lesquels il y a du bouillon gras. Le directeur s'approche, met la main sur une des marmites et se plaint de ce que le potage n'est pas assez chaud. Le gardien prend une grande cuillère, l'agite dans le potage à plusieurs reprises, la ressort pleine de bouillon, y trempe la main pour constater la température, assure qu'elle est suffisante, et avec le plus grand calme remet la cuillère et son contenu dans la marmite.

. ˙ .

Nous traversons la galerie dans toute sa longueur; nous franchissons une nouvelle grille et nous arrivons à un préau, également grillé, dans lequel sont enfermées deux cent trente personnes, également arrêtées dans la nuit de vendredi. Ici la blouse domine, bien qu'il y ait cependant encore un certain nombre de vêtements élégants. On nous ouvre, nous entrons dans le préau, et bientôt nous sommes entourés par ces malheureux qui nous prennent les mains, qui nous pressent; chacun nous affirme qu'il est innocent, qu'il est victime d'une erreur commise par la police; les uns nous donnent leur carte, d'autres nous supplient en pleurant d'aller voir leur famille; celui-ci nous parle en anglais, cet autre en allemand; nos yeux se mouillent à toutes ces prières, et pour la première fois nous regrettons de ne pas être un des puissants de ce monde, afin de pouvoir d'un mot sécher les pleurs de tant d'affligés; nous espérons, d'ailleurs, que bientôt les portes de la prison s'ouvriront pour beaucoup, car, en vérité, il n'y a pas là de ces figures sinistres qui inspirent instinctivement la crainte et la répulsion.

Les gardiens eux-mêmes, à qui l'expérience doit avoir donné un coup d'œil infaillible en pareille matière, nous assurent qu'il y a là bien plus de badauds que de méchantes gens.

* * *

Parmi les cartes ou lettres que nous avons prises pour les faire parvenir aux adresses qui nous étaient indiquées, nous remarquons, non sans surprise, le nom de M. D..., médecin connu, et dont la figure est des plus sympathiques ; M. C... fils d'un homme occupant une situation élevée dans l'administration du Sénat ; M. B..., représentant d'une des premières maisons de Paris, et dont le chef a été président du tribunal de commerce, puis des noms de gens établis, de boutiquiers, de commerçants, etc.

.˙.

Un jeune homme, presque un enfant, pleure dans les bras de son père : ils paraissent appartenir à la classe des petits boutiquiers ; leurs vêtements sont très-propres ; ils supplient le directeur de ne pas les séparer ; et celui-ci leur promet qu'il va faire en sorte de leur faire donner une chambre où ils seront ensemble ; de plus, il prend toutes les lettres, toutes les notes que lui remettent les détenus ; il promet qu'il va faire parvenir chaque chose à sa destination ; enfin il fait ce qu'il peut pour consoler quelque peu tous ces affligés, dont la majeure partie regrette amèrement la curiosité enfantine qui les a poussés à aller se fourrer là où ils n'avaient que faire.

.˙.

Enfin nous quittons le préau et nous allons voir les pièces à conviction saisies sur les personnes arrêtées. Ce sont des casse-tête dont les pommes portent encore la trace de coups violents frappés sur des choses ou sur des hommes, des couteaux-poignards, des cannes à épée, dont quelques-unes ont été brisées dans la lutte.

Nous apprenons alors quelques détails inédits et intéressants, concernant les derniers événements. M. X..., conseiller à la cour, et qui dernièrement a présidé d'une façon remarquable une des sessions de la cour d'assises, a été arrêté et conduit à la mairie de la rue Drouot; il ne fut relâché qu'après avoir fait reconnaître son identité. M. X..., autre magistrat des plus honorablement connus, a, dans la bagarre, reçu deux coups de poing magistralement administrés par un agent; M. X..., juge d'instruction, a voulu se rendre compte par lui-même du véritable caractère de la manifestation, sans doute pour mieux apprécier, d'après l'aspect général des choses, le degré de culpabilité réelle des hommes qu'il pourra avoir à interroger; il était au milieu de la foule, et il fut obligé plusieurs fois de fuir à toutes jambes devant les charges des agents.

Il faisait ainsi preuve, non de curiosité, mais de courage, car s'il risquait fort, ainsi que tous les curieux, de recevoir quelque bon horion administratif, il courait surtout le risque d'être reconnu par les émeutiers, qui lui eussent probablement fait un mauvais parti.

.·.

Nous revenons dans la grande salle par où nous

avons commencé notre visite, afin d'assister au départ des détenus, que l'on fait filer d'heure en heure sur la prison provisoire établie dans le fort de Bicêtre.

Douze détenus s'avancent entre deux files d'agents. Chacun d'eux passe à son tour devant une table où sont étalées par ordre alphabétique les fiches dressées au moment de l'incarcération.

L'identité de tous bien constatée, l'escouade de douze détenus est entourée de douze agents et attend le signal du départ.

L'appel et la constatation d'identité donnent lieu à des scènes qui impressionnent au delà de toute expression. L'un s'avance en tremblant, c'est à peine s'il parvient à prononcer ses nom et prénoms; un autre prend un air brave, qui rend sa pâleur plus évidente encore. Quelques-uns ne cherchent pas à cacher leur crainte et leurs larmes; mais rien ne saurait rendre le sentiment de bonheur qui illumine la figure de ceux à qui l'on annonce qu'ils sont réclamés, et que, par conséquent, ils seront bientôt libres.

.·.

C'est qu'en effet c'est un dur séjour que la Conciergerie, et quoiqu'il soit complétement erroné que l'administration ait employé envers les détenus aucune rigueur inusitée, il n'en est pas moins vrai que ce doit être un sévère châtiment que de passer un jour et une nuit enfermé dans une de ces grandes salles, si sombres, si tristes, si froides, et cela au milieu des gens appartenant à toutes les classes de la société, et dont quelques-uns doivent avoir un contact extrêmement pénible pour des personnes même médiocrement aisées.

.˙.

Le signal du départ est donné; les grilles s'ouvrent, l'escouade de douze détenus, escortée par douze agents, traverse la cour et s'avance jusqu'au quai où stationnent des voitures cellulaires attelées en poste et à quatre chevaux ; les détenus y montent l'un après l'autre, le conducteur reçoit une feuille indiquant le nom des hommes confiés à sa garde ; une autre voiture avance, elle reçoit une nouvelle escouade de prisonniers, enfin les quatre-vingt-seize détenus qui forment le convoi sont enfermés dans leur prison roulante et le départ a lieu.

.˙.

Nous remercions sincèrement M. le directeur Grosbon de l'extrême obligeance qu'il nous a témoignée pendant la visite que nous venons de faire et qui n'a duré rien moins que quatre heures, et puisque nous avons vu comment les choses se passent à la Conciergerie, il nous reste à voir comment on agit au fort envers les détenus. Nous partons et nous arrivons en même temps que les voitures cellulaires au fort de Bicêtre.

LE FORT DE BICÊTRE

LE 13 JUIN

Les voitures cellulaires renfermant les détenus franchissent le pont-levis, traversent la vaste cour formant l'intérieur du fort et vont se placer contre les casemates; les prisonniers descendent entre une haie double de soldats et pénètrent dans une des longues salles voûtées, qui doit leur servir de prison; chaque casemate en contient environ cent dix. Ils sont ensuite conduits l'un après l'autre au greffe pour les formalités de l'écrou; mais ici nous sommes obligés de revenir quelque peu en arrière.

.˙.

Lorsque les trois dépôts, de la Préfecture, de la Santé et de la Conciergerie se trouvèrent encombrés, il fallut bien aviser, car les troubles continuaient, et avec eux les arrestations.

On songea aux casemates des forts, et on donna les ordres nécessaires pour préparer en toute hâte celles du fort de Bicêtre, en raison de la proximité de l'hospice, dont l'organisation et les magasins pouvaient rendre de grands services ; le temps pressait à ce point que, deux heures avant l'arrivée du premier convoi de prisonniers, rien n'était prêt pour les recevoir. Les casemates du fort servaient de magasin pour le génie et l'artillerie; toute la garnison fut mise en réquisition pour les débarrasser en toute hâte du matériel qui les encombrait.

.˙.

M. de Lassalle, directeur de l'ex-prison pour dettes, fut chargé d'organiser ou plutôt d'improviser le service nécessaire pour loger et nourrir les centaines de détenus qu'il fallait évacuer des dépôts de Paris afin de faire place aux nouvelles captures que la police faisait chaque soir.

On conçoit sans peine les difficultés d'une semblable improvisation, et ce sont probablement les défectuosités du premier moment qui ont donné lieu aux bruits inquiétants qui ont circulé dans le public. Certes le séjour des casemates dans les circonstances actuelles doit être fort pénible, mais il ne faut pas oublier qu'en cas de siége les soldats s'y réfugient, et qu'ils y restent sans inconvénient aucun beaucoup plus longtemps que les détenus actuels n'y resteront sans doute. Il est donc presque cruel de les représenter comme un enfer, et d'aller ainsi augmenter gratuitement le désespoir des familles dont quelque membre est aujourd'hui enfermé au fort de Bicêtre.

.·.

Les divers chefs de service avec lesquels nous avons pu nous trouver en rapport nous ont paru décidés à proscrire l'emploi de toute rigueur inutile; l'autorité désire elle-même abréger la détention de tous ceux qu'un hasard malencontreux ou une curiosité maladroite avait amenés sur le théâtre des troubles au moment des arrestations en masse opérées par la police.

Les divers bureaux de la préfecture de police ont fonctionné d'une façon permanente depuis le commencement des troubles pour recevoir et examiner toutes les réclamations. M. Piétri a reçu, soit par lui-même, soit par les attachés de son cabinet, dix-huit cents visites de personnes venant soit réclamer quelque détenu, soit intercéder en sa faveur.

Au reste, le meilleur moyen de démontrer l'exagération malveillante des bruits répandus dans le public, c'est d'exposer la vérité telle quelle, sans chercher à la déguiser en quoi que ce soit. Nous allons donc continuer notre récit en disant purement et simplement ce que nous avons vu, et nous hésiterons d'autant moins à signaler les inconvénients qui nous auront frappé, que nous sommes convaincu que les faire connaître à M. le préfet de police, c'est lui fournir l'occasion d'y porter remède.

.˙.

Lorsque M. de Lassalle arriva au fort de Bicêtre avec les huit surveillants, le sous-brigadier et le brigadier chef, pris dans le personnel des prisons, et qui lui avaient été adjoints pour organiser le service, il ne trouva donc absolument rien, et il fallait cependant se préparer à recevoir les détenus qui allaient arriver. On mit en réquisition les magasins de l'hospice, qui purent fournir un certain nombre de gamelles, de cuillères en bois, de baquets et de cruches. On fit en toute hâte venir des prolonges chargées de paille, et au fur et à mesure qu'une des casemates était débarrassée du matériel qui la remplissait, on étendait de la paille sur les côtés, on y plaçait un certain nombre de cruches avec de l'eau ; à l'une des extrémités on plaçait un baquet, et on passait à une autre.

.˙.

Samedi soir, il était entré environ onze cents prisonniers dans les casemates du fort de Bicêtre, et il en était ressorti quatre-vingts environ d'après les ordres envoyés par la préfecture...

.˙.

Pour accomplir les formalités de l'écrou, les prisonniers sont amenés successivement entre deux soldats, des casemates jusque dans la salle où le greffe est installé ; le temps matériel pour inscrire les noms, prénoms et signalements sur le registre à souche nommé livre d'écrou a empêché l'employé chargé de ce soin de prendre un instant de repos pendant près de quarante-huit heures ; il était vaincu par la lassitude lors de notre visite. —Le directeur lui-même semblait excessivement fatigué, et il n'avait pour toute installation qu'une petite chambre garnie simplement d'un lit de soldat et d'une chaise de paille.

Après avoir visité le greffe, nous traversons la cour du fort, où l'on a placé une partie du matériel sorti des magasins, et nous allons visiter les casemates. Il y en a une vingtaine, formant les deux côtés d'un carré, sur lesquelles six d'un côté et quatre de l'autre ont été converties en prisons. On place en ce moment, de distance en distance, des pieux, sur lesquels on va fixer des planches, ce qui formera un long couloir le long des casemates, et permettra de laisser sortir les prisonniers sans qu'ils puissent s'évader. Pour le moment, ils reçoivent l'air par les vantaux des fenêtres, qu'on a laissées ouvertes, mais en plaçant une sentinelle à chacune d'elles. Heureusement, la construction spéciale des casemates empêche la température de s'y élever trop haut, sinon les cent dix malheureux enfermés dans chacune de ces grandes salles voûtées y étoufferaient.

Des cantiniers livrent à beaux deniers comptants du vin ou de la charcuterie à ceux qui en font la demande ;

ils ont également la permission de vendre du papier, des plumes et des crayons.

L'hospice de Bicêtre a fourni le pain que l'administration distribue aux prisonniers ; c'est le pain blanc de bonne qualité, connu à Paris sous le nom de pain de ménage. Chacun en reçoit 750 grammes par jour.

Nous pénétrons dans les casemates ; la chaleur y est supportable, mais l'odorat y est désagréablement affecté par les émanations du baquet aux immondices, ainsi que par celles qui résultent d'une agglomération aussi grande d'hommes appartenant à des conditions si diverses, et dont quelques-uns au moins font partie des dernières classes de la société.

.˙.

Il semble qu'un premier triage a déjà été fait à Paris, car les personnes dont le costume atteste des habitudes élégantes sont ici en proportion bien moindre qu'à la Conciergerie ; la grande majorité des blouses fait donc ressortir davantage le costume des personnes bien mises ou du moins qui devaient être bien mises au moment de leur arrestation, car leurs habits froissés, maculés, leur linge sali, donnent un aspect navrant à leur toilette. Toutes ces personnes paraissent souffrir horriblement de la promiscuité à laquelle elles se trouvent condamnées ; entre toutes un jeune homme nous semble plongé dans le plus affreux désespoir ; ses compagnons d'infortune disent qu'il n'a cessé de pleurer depuis le moment de son arrestation ; ses yeux gonflés et rougis, sa figure bouleversée attestent la vérité de leur dire ; émus par ce désespoir, nous nous avançons, désireux de prendre quelques détails qui pourraient peut-être nous donner le moyen d'être utiles à ce malheureux : il avait à peine eu le temps de nous donner son nom, M. Albert de G..., et de nous supplier d'aller voir l'ambassadeur des États-Unis pour lui rappeler qu'il avait été, lors de l'exposition universelle, secrétaire de la commission américaine, lorsque le directeur, qui, de son côté, était assailli de demandes de toutes sortes, se dégagea des personnes qui l'entouraient, interrompit notre conversation, et, nous prenant à part, nous supplia, au nom de sa propre responsabilité, de ne pas même adresser la parole à aucun détenu.

Il nous fit remarquer qu'au dépôt de la Préfecture ou à la Conciergerie, il n'y avait encore que détention préventive, que dès lors une réclamation fondée, une identité constatée, suffisaient pour motiver un élargissement immédiat, tandis qu'à Bicêtre il y a incarcération et qu'il faut en conséquence qu'un juge d'instruction ait prononcé sur le sort du détenu.

.˙.

Nous ne sommes pas assez expert pour apprécier la différence qui existe entre la détention et l'incarcération, mais nous comprenons qu'en ne nous conformant pas à l'observation qui nous est faite d'une façon aussi bienveillante que possible, nous pourrions compromettre le directeur, et dès lors nous nous abstenons de dire un mot, de faire un geste qui puisse être compris par aucun incarcéré; mais si nous sommes devenu muet, nous ne sommes pas sourd, et nous nous promettons de recueillir précieusement les observations ou les plaintes que nous entendrons formuler sur notre passage.

. · .

Nous continuons notre visite, et nous apprenons qu'il s'est déclaré un cas d'aliénation mentale ; le malheureux qui a perdu la tête poussait des cris de forcené; il voulait tuer, massacrer tous ceux à qui il reprochait son incarcération, et il mettait en première ligne de ses vengeances la plus haute personnalité de l'État. Ses compagnons ont craint d'être compromis par ses emportements, et ils ont demandé eux-mêmes qu'on les débarrassât de ce dangereux voisinage. On voulut envoyer ce pauvre diable à l'hospice de Bicêtre ; mais le directeur, faute d'ordre, n'a pu le recevoir; il a fallu en référer à la préfecture, et, en attendant, le colonel commandant le fort l'a fait placer dans un endroit séparé.

. · .

Un autre détenu, un négociant père de famille, était si fortement impressionné par le malheur qui l'avait atteint, qu'il en était devenu, ou tout au moins qu'il croyait en être devenu sérieusement malade.

Il avait des spasmes, des évanouissements ; deux internes venus en toute hâte de l'hospice ne suffisaient qu'à grand'peine à le soigner ; on commençait à craindre un accident ; le directeur se désolait, ne savait quel parti prendre, lorsqu'il reçut un ordre de la préfecture pour mettre diverses personnes en liberté immédiate, et au nombre de celles-là figurait justement le malade. A cette nouvelle notre homme se ranima, en un instant il fut sur pied, et il retrouva immédiatement assez de force pour quitter le fort, et ce fut presque en courant qu'il franchit l'espace qui le séparait de la liberté. — Si la joie fait peur, elle fait aussi du bien.

∴

Nous circulons à travers les groupes sans adresser la parole à qui que ce soit, mais nous entendons la majorité des détenus se plaindre amèrement de l'abandon dans lequel ils sont laissés par l'autorité administrative ou judiciaire ; les uns supplient le directeur de leur remettre les lettres qu'ils doivent avoir reçues de leurs familles, les autres demandent à être interrogés immédiatement, afin d'établir l'erreur dont ils sont victimes ; tous se désespèrent de ce qu'il n'y a pas là un fonctionnaire d'un rang assez élevé dans l'ordre administratif ou judiciaire pour pouvoir donner les autorisations dont le directeur de la prison ne peut en aucune façon prendre la responsabilité.

∴

Les détenus peuvent écrire à leur famille, mais les

lettres sont remises au directeur, qui les envoie à la Préfecture ; celle-ci les remet probablement à l'autorité judiciaire, laquelle s'assure qu'il n'y a aucune indication pouvant éclairer l'instruction commencée au sujet de ces malheureux troubles. Le directeur envoie également à la Préfecture les lettres adressées aux détenus. Il y a pourtant, parmi les neuf cents et quelques personnes enfermées à Bicêtre, des pères de famille qui, très-probablement, seront dans quelques jours reconnus coupables de curiosité imprudente ; mais ils l'expient cruellement à cette heure, et nous sommes convaincus que jamais l'autorité n'a pu désirer une minute d'ajouter au mal inévitable de leur détention les angoisses de l'inquiétude concernant le sort de leur famille.

Nous comprenons toutes les nécessités que peut entraîner l'instruction judiciaire commencée au sujet des derniers événements ; mais n'y aurait-il donc aucun moyen de concilier les exigences de la justice et celles de l'humanité ? Ne pourrait-il pas y avoir en permanence, à Bicêtre, un fonctionnaire ou un juge instructeur qui, séance tenante, pourrait faire remettre aux détenus les communications sans importance judiciaire qui leur sont adressées et qui pourraient calmer à la fois leurs inquiétudes et celles de leurs familles.

*
* *

Les ordres sont donnés pour que, dès lundi, il y ait à Bicêtre une installation permettant à quatre juges d'instruction d'interroger les personnes arrêtées et de statuer sur leur sort. N'y a-t-il donc pas eu moyen de prendre, dès samedi, cette mesure si impatiemment attendue par les prisonniers ?

Il n'y a eu que deux jours de perdus ; mais qui donc a jamais pu calculer ce qu'il peut entrer de désespoir pendant deux jours dans le cœur de tant de gens brusquement arrachés à leurs familles et à leurs affaires, et la plupart sans avoir commis d'autre crime que de se laisser séduire par l'attrait d'une curiosité maladroite?

.˙.

Nous quittons les casemates et nous repassons au greffe, où nous apprenons que la Préfecture vient d'envoyer l'ordre de transférer à la Santé diverses personnes incarcérées à Bicêtre ; cette mesure annonce généralement un prompt élargissement. Parmi les favorisés se trouve M. Albert de G... ; mais il est impossible de donner satisfaction immédiate à ce jeune homme si désespéré, et cela parce qu'il n'y a pas de voiture cellulaire pour effectuer le transfèrement.

Les personnes dont il s'agit ne sont pourtant pas de ces grands criminels contre lesquels la société ne saurait déployer un trop grand luxe de précautions, et en ce qui concerne M. Albert de G..., nous affirmons sans crainte que la plus mince citadine eût amplement suffi à contenir un scélérat de sa taille.

.˙.

Des charrettes chargées de vivres, d'objets à usage, vaisselle, effets, tables, chaises, arrivent dans le fort et se dirigent vers les casemates. Il est évident que l'administration cherche à remédier aux inconvénients de l'installation un peu brusque de la première heure ; mais s'il est complétement faux que l'autorité ait déployé contre les détenus aucune rigueur inhumaine, il n'en est pas moins vrai que l'incarcération préventive dans les casemates du fort de Bicêtre constitue par elle-même un châtiment d'autant plus rigoureux, que toutes les classes de la société y sont confondues, et que les détenus ne peuvent librement communiquer avec leurs familles.

Il est donc très-désirable que l'instruction puisse se suivre assez rapidement pour ne pas prolonger un semblable état de choses au delà du temps le plus strictement nécessaire pour arriver à la connaissance de la vérité. Il faut souhaiter aussi que les détenus puissent communiquer librement avec leurs familles, en se conformant aux règles que l'autorité judiciaire jugera convenable d'établir.

Nous avions tout vu ; il ne nous restait plus qu'à remercier M. le directeur de Lassalle de l'obligeance avec laquelle il s'était mis à notre disposition ; et, après ce devoir accompli, nous quittions le fort de Bicêtre, plaignant du plus profond du cœur les malheureux que nous y laissions enfermés, regrettant de ne pas être maître de leur rendre la liberté, mais convaincu du moins que l'autorité n'est nullement animée d'intentions malveillantes à leur égard. Il est probable d'ailleurs qu'après avoir montré sa force, le Gouvernement voudra montrer sa clémence ; et c'est là un souhait que nous formons avec le plus grand désir comme avec la plus grande espérance de le voir promptement exhaucer.

LA

CATASTROPHE DE LA RICAMARIE

ENTERREMENT DES VICTIMES

Aussitôt que l'on connut à Paris les tristes événements arrivés à la Ricamarie, près Saint-Etienne, le *Moniteur universel* voulut en avoir une relation exacte, exempte de toute prévention, et ce fut à nous que fut confié le soin difficile d'établir ce compte rendu impartial. A défaut de mérite, nous avons du moins la sincérité, et nous allons raconter purement et simplement, sans passion aucune, ce que nous avons vu et entendu.

Nous avons quitté Paris jeudi soir, et ce matin, après avoir laissé derrière nous la vallée du Rhône, nous arrivions dans le bassin industriel que nous venions visiter. A mesure que nous approchions de Saint-Etienne, nous étions frappé de l'aspect profondément triste de tout ce qui bordait la voie ferrée.

Les usines métallurgiques, les puits de mine, noircis par la fumée et la poussière de charbon, ont en tout temps un aspect assez sombre ; mais aujourd'hui qu'ils sont délaissés par les ouvriers, ils ont un air d'abandon presque sinistre. Nous remarquons qu'un détachement de troupes occupe tous ces établissements, et protége leur outillage contre toute dégradation malveillante. Le pays entier a donc un aspect spécial qui mérite d'être étudié de près.

Dès notre arrivée à Saint-Etienne, nous apprenons que c'est aujourd'hui même que l'on doit procéder, à la Ricamarie, à l'enterrement des nombreuses victimes causées par le conflit qui a eu lieu mercredi entre les mineurs et un détachement du 4e de ligne. Nous prenons en toute hâte une voiture et nous traversons rapidement Saint-Etienne pour aller assister à cette triste cérémonie. En passant, nous remarquons que l'hôtel de ville est occupé militairement, et qu'il doit être arrivé de nombreux renforts à la garnison ; car des tentes-abris sont dressées dans la cour d'une caserne, où un fort détachement d'infanterie a établi son bivac.

En arrivant à la Ricamarie nous remarquons que les hauteurs qui dominent le bourg sont garnies de troupes; les sodats sont en tenue de campagne ; les faisceaux sont formés les gardes sont placées, les officiers portent le hausse-col ; tout indique que des précautions sérieuses sont prises.

Plus loin, nous apercevons un piquet de gendarmerie à cheval ; ce déploiement de forces semble indiquer que les choses sont ou peuvent devenir bien graves. Partout, sur notre passage, nous croisons des groupes nombreux, dont l'attitude silencieuse a quelque chose d'effroyablement sombre. Le rude métier de mineur imprime vite sur le visage d'un homme un air de résolution froide, qui, dans certaines circonstances, prend un cachet tout particulier d'énergie et de colère concentrée.

Guidés par les renseignements qui nous sont obligeamment fournis, nous nous rendons à l'hospice où sont exposés les corps des victimes. On nous ouvre la porte et nous pénétrons dans une cour où nous voyons un spectacle des plus lugubres. Onze cercueils sont là placés sur des tréteaux, recouverts d'un drap blanc sur lequel est épinglé un papier indiquant les nom et l'âge du mort.

Nous faisons le tour de la cour et nous relevons les noms que voici :

D'abord deux femmes :

Rose Boileau, 46 ans, enceinte de six mois. On nous dit qu'elle a reçu deux coups de feu à bout portant et un coup de sabre-baïonnette dans la bouche.

Femme Revol, 34 ans, morte ainsi que les neuf hommes ci-dessous par suite de coups de feu.

Chataignon, 27 ans.

Clemençon, 27 ans.

Fanguet (Jacques), 23 ans.

Françon (Joseph), 18 ans.

Revol, mari de la femme ci-dessus indiquée, 37 ans.

Valère, 24 ans.

Gondout, 34 ans.

Paulet, 33 ans.

Soulas, 23 ans.

Autour de ces onze cercueils se pressent des parents tout en larmes, des femmes des enfants qui sanglotent. Il est impossible d'assister à un semblable deuil sans se sentir envahi par une émotion poignante. Nous quittons la cour et nous entrons dans la salle où ont été apportés les cadavres avant leur ensevelissement. Jamais nous n'avions rien vu d'aussi effrayant, d'aussi horrible.

.•.

Que l'on se représente une salle basse, éclairée par des fenêtres étroites, laissant à regret filtrer un jour verdâtre, et dans laquelle on ne peut pénétrer sans être immédiatement saisi par un froid humide. Sur l'un des côtés de cette salle est étendu un lit de paille qui conserve de nombreuses traces de sang ; un des cadavres a laissé une marque plus frappante encore de son passage, car une partie de cervelle humaine s'est écoulée et est restée là où reposait la tête ; c'est horrible et pourtant ce n'est rien encore.

. ˙ .

Sur une longue table sont étendus les effets ensanglantés des malheureux que l'on vient d'ensevelir, et que l'on va bientôt porter en terre. Il y a là des effets de toute sorte, mais tellement imbibés de sang qu'ils ont presque perdu leur couleur primitive : nous remarquons notamment un gilet de velours qui a dû être primitivement vert foncé, et qui maintenant est d'une teinte sans nom ; il porte le trou d'une balle qui a traversé la doublure du dos, et est ressortie par-devant en arrachant un lambeau de chair humaine, qui reste adhérent à l'étoffe, grâce au sang qui s'est coagulé. Des femmes ont profité de ce que la porte est ouverte pour pénétrer à notre suite dans cette salle funèbre ; elles se précipitent vers ces haillons hideux, exhalant une odeur fétide, écœurante ; elles les secouent, les reconnaissent, les couvrent de baisers. Jamais aucun cauchemar n'a pu donner une pareille idée de l'horrible : le cœur nous manque, nous n'avons que le temps de nous appuyer à la muraille pour ne pas tomber, nous aussi, sur ces débris sanglants, et c'est à grand'-peine que nous arrivons à quitter cette salle maudite et à regagner la cour où l'air vif nous ranime peu à peu.

. ˙ .

L'heure indiquée pour le service était arrivée ; le clergé était dans la cour de l'hospice ; mais les mineurs rassemblés se refusent à laisser enlever les corps de leurs camarades, à moins qu'ils ne soient portés par des soldats du 4e de ligne. Quelques exaltés vont de groupe en groupe, en disant qu'il faut exiger que les « bourreaux rendent ce dernier honneur à leurs victimes. » En vain le commissaire de police, assisté du maire et de quelques personnes honorables venues de Saint-Etienne, cherchent à les calmer, rien n'y fait ; le clergé est obligé de quitter l'hospice, et les autorités locales envoient immédiatement prévenir celles de Saint-Etienne de ce nouvel incident, en leur demandant d'aviser. La cérémonie funèbre est reculée, et nous profitons de ce retard pour aller visiter l'endroit où ce déplorable conflit a eu lieu.

∴

Avant de continuer ce récit, nous devons faire remarquer que nous cherchons à garder la plus grande réserve ; les événements que nous rapportons sont trop graves pour ne pas donner lieu à une enquête rigoureuse ; la vérité sera donc connue bientôt, et par conséquent, tout en rapportant les renseignements qui nous ont été fournis par les habitants, il ne nous appartient pas d'en tirer aucune induction pour ou contre qui que ce soit ; nous cherchons à donner à notre récit la clarté la plus grande, mais à Dieu ne plaise qu'il puisse ressortir d'une seule de nos paroles la moindre accusation contre personne ; nous faisons notre devoir de chroniqueur ; c'est à la justice seule qu'il appartient d'indiquer à qui peut incomber en somme la responsabilité de cet effroyable malheur. Ceci dit, nous continuons.

.˙.

Nous avions donc quitté l'hospice, et en quelques instants nous fûmes rendus sur le théâtre de l'événement ; en voici la description aussi exacte que possible. D'abord un chemin large de cinq à six mètres au plus, profondément encaissé entre deux talus hauts de deux mètres au moins, et taillés presque à pic.

Sur l'un des côtés du chemin, et à droite par rapport à la direction suivie par la troupe, il y a des champs de blé ou de pommes de terre.

A gauche du même chemin, il y a un établissement de mine, quelques petits champs et les maisons d'un pauvre village, s'élevant en gradins le long d'un coteau assez raide.

Le chemin, à partir de l'établissement minier, s'encaisse rapidement, passe sous un pont en pierre reliant un chemin d'exploitation, ensuite il s'aplanit et aboutit à une grande route. C'est à cent mètres avant d'arriver au pont, à l'endroit où la route est très-resserrée et très-encaissée, que le conflit a eu lieu. Voici comment il a été provoqué.

.˙.

Mercredi, quelques mineurs continuaient à travailler malgré la grève au puits dit de l'Ondaine, situé à l'extrémité du chemin que nous venons de décrire. Une bande d'ouvriers vint, à plusieurs reprises, pour contraindre leurs camarades à quitter leurs travaux; ils voulurent même s'opposer au chargement des wagons.

Le capitaine commandant les trois compagnies espacées sur le territoire de la Ricamarie, après avoir repoussé ces diverses tentatives, résolut de s'emparer de ceux qui les avaient faites. En effet, par un mouvement concerté entre les divers pelotons, il les enveloppa et fit une quarantaine de prisonniers qu'il fit placer entre les rangs de la troupe pour les conduire à Saint-Étienne.

Alors, pour gagner la grande route sans passer par le village, il s'engagea dans le chemin creux.

D'après le rapport de l'officier, lorsque la troupe n'était plus qu'à cinquante mètres du pont sur lequel se tenaient des mineurs en attitude hostile, elle fut assaillie par une bande de forcenés, armés de bâtons et de pierres, et qui même auraient tiré un ou deux coups de feu, car le rapport du commandant signale trois hommes ayant été blessés au bras ou à la tête par des chevrotines ou des grains de plomb, et onze hommes contusionnés par des coups de pierre. C'est à ce moment que, placés dans le droit de légitime défense, les soldats auraient fait feu sans aucun commandement de leurs chefs, et les effets de cette décharge furent d'autant plus terribles, que la troupe était armée de fusils chassepot, et qu'elle tirait à bout portant dans une masse compacte.

.˙.

Les mineurs affirment qu'il n'a pas été tiré de leur côté un seul coup de fusil, ni même de pistolet, et que les soldats blessés n'ont pu l'être que par quelque coup maladroit échappé à quelques-uns de leurs propres camarades, ou par le ricochet des graviers que les balles faisaient jaillir en frappant les deux talus pierreux qui bordent le chemin. Nous n'avons pas à décider ces questions que l'enquête éclaircira, nous ne pouvons faire qu'une chose, c'est de déplorer que la perte soit si grave du côté des mineurs, c'est de regretter que de leur côté le mal ne se réduise pas, comme du côté de la troupe, à quelques blessures ou à quelques contusions légères.

.˙.

Le terrain où s'est passé le drame en conserve l'empreinte. Sur la berge qui borde à droite le chemin creux, le blé est foulé sur une largeur d'un mètre et demi environ, et sur une longueur de deux cents mètres à peu près : la foule escortait la troupe en marchant à droite du chemin. Après cette première sente, on arrive à une pièce de terre récemment fauchée.

De larges plaques d'un brun rougeâtre, exhalant une odeur cadavéreuse, et sur lesquelles se presse un odieux essaim de mouches avides de corruption, sont là pour indiquer où sont tombées les victimes foudroyées par les chassepots.

Après cet espace dénudé s'étend un champ de blé dont les longues tiges sont couchées par de nombreuses sentes étroites tracées dans toutes les directions. C'est par là que se sont sauvés les malheureux affolés par la terreur à la suite de la décharge. Quelques-unes de ces sentes s'arrêtent brusquement à une place largement foulée, et au milieu de laquelle quelques taches encore apparentes indiquent que là est tombé un malheureux blessé n'ayant pu aller plus loin.

Sur le côté et à une certaine distance du chemin, il y a un champ de pommes de terre où l'on distingue aisément les marques d'une fouille récente; un homme et une femme travaillaient dans ce champ, la femme a été atteinte par une balle, et elle est tombée à côté du sillon qu'elle venait de creuser.

Quelques balles sont venues frapper les maisons du village, mais fort heureusement sans y atteindre personne. L'une d'elles a pénétré par le carreau d'une fenêtre, traversé le montant d'un métier sur lequel une femme travaillait, jeté un éclat de bois sur le berceau d'un enfant placé à côté du métier, et elle est allé se loger dans le mur effleurant le plafond. Il est à remarquer que du fond du chemin creux on ne peut voir ni cette maison ni le champ de pommes de terre où travaillait l'une des femmes tuées ; au milieu du désordre de l'alerte quelques soldats auront escaladé la berge avant de faire feu, ce qui s'explique d'autant plus aisément qu'en plusieurs endroits le talus est entaillé en forme d'escalier par le passage journalier des gens du pays.

. ' .

Pendant que nous procédions à notre examen, quelques hommes du pays étaient venus nous rejoindre ; ils nous montrent les places où sont tombées les victimes ; ils nous disent que l'un des hommes a été tué si instantanément qu'il est tombé les deux mains dans ses poches sans avoir eu le temps de les retirer ; qu'une femme a été frappée pendant qu'à genoux sur la berge elle priait pour qu'on lui rendît son fils qui était au nombre des prisonniers, si bien qu'elle avait encore les genoux repliés lorsqu'elle fut enlevée.

Les cadavres restèrent sur le lieu de l'événement depuis le mercredi à trois heures et demie jusqu'au lendemain jeudi à cinq heures du matin, car pas un des habitants ne voulut les relever, et il fallut que l'autorité militaire se chargeât de les faire transporter à l'hospice, où ils furent déshabillés et ensevelis par les soins des sœurs hospitalières attachées à l'établissement.

Les gens du pays se plaignent amèrement que le procès-verbal d'enlèvement relatant les blessures et la situation des victimes n'ait pas été fait en présence du préfet ou de quelque magistrat d'un rang élevé ; nous ignorons ce qu'il peut y avoir de fondé dans cette plainte, mais nous pensons que l'autorité aura soigneusement fait établir une pièce si utile au point de vue de l'enquête.

. ' .

Nous quittons ce triste lieu et nous revenons à la Ricamarie, pour savoir ce qui a été décidé au sujet de la cérémonie funèbre. Peu de temps après notre retour à l'hospice, nous voyons arriver un camion du chemin de fer escorté par une vingtaine de gendarmes à cheval, et suivi par une dizaine d'employés des pompes funèbres, envoyés en toute hâte de Saint-Etienne.

.˙.

Lorsque les mineurs apprennent que ce camion est destiné à charger les cercueils qu'ils ont refusé de porter, leur exaspération arrive au comble. Quelques furieux prononcent autour de nous ces mots : « Après les avoir tués comme des chiens, on veut les enterrer comme des chiens ! »

Deux personnes portant une ceinture tricolore (et que nous croyons être, sauf erreur, le commissaire de police du Chambon et l'adjoint au maire de la Ricamarie) s'efforcent de calmer cette effervescence dangereuse ; malgré tout leur zèle, l'rritation croît de plus en plus, un rien peut provoquer un nouveau conflit ; car la gendarmerie serait vite soutenue par la troupe, et il faut après tout que force reste à la loi.

.˙.

Alors emporté par un sentiment irréfléchi, n'ayant en somme aucune qualité pour intervenir dans un semblable débat, ne pensant enfin qu'au vieux dicton *Pax ho-*

minibus bonæ voluntatis, nous allons droit au groupe le plus animé, nous appuyons de toute notre force les exhortations des autorités ; nous représentons aux plus furieux que leur obstination est coupable et peut occasionner de nouveaux malheurs ; nous leur demandons enfin s'ils n'aiment pas mieux rendre pieusement eux-mêmes les derniers devoirs à des amis, à des parents, plutôt que de les voir chargés sur un camion, et nous terminons en nous offrant nous-même pour aider à transporter les cercueils. Notre offre en entraîne vingt autres ; bientôt les cercueils sont respectueusement enlevés à bras, et le cortége funèbre, précédé par le clergé, s'achemine vers l'église.

Pendant que nous, quatrième, nous remplissions le pieux devoir de soutenir le cercueil qui occupait le premier rang, le commissaire s'approcha de nous, et, en termes chaleureux, nous fit des remercîments pour l'assistance que nous lui avions prêtée : notre mouvement spontané avait été celui qu'aurait eu tout homme de cœur en pareille circonstance, et, en vérité, nous étions confus des remercîments qu'il nous attirait.

.˙.

Les gendarmes et le camion s'étaient retirés ; le cortége s'avançait au milieu du recueillement général ; mais chaque fois que nous passions devant la maison d'une des victimes ou devant celle de quelqu'un de ses parents, nous entendions les cris déchirants poussés par les enfants ou les femmes.

.·.

A moitié route à peu près, nous sommes forcés de faire halte pour qu'un nouveau cercueil vienne se joindre aux onze cercueils que nous portions déjà. C'était celui d'une pauvre petite fille de seize mois, tuée dans les bras de sa mère, nommée Basson, qui elle-même avait été blessée au bras par une des deux balles qui avaient frappé son enfant. Cette dernière scène fut atroce. La malheureuse femme, surexcitée par la fièvre, réclamait sa fille à grands cris, et maudissait celui qui l'avait tuée. Déjà l'appel à la vengeance poussé par cette femme trouvait de l'écho dans la foule ; mais cette surexcitation passagère fut vite apaisée, grâce aux exhortations de quelques mineurs plus calmes.

.·.

Lorsque la cérémonie fut terminée à l'église, les corps furent repris et portés au cimetière, où se trouvait le détachement de gendarmerie.

Ce lugubre spectacle d'une bière descendue dans une fosse, répété douze fois de suite, semblait surexciter la foule.

Les sanglots des femmes et des enfants redoublaient et faisaient courir dans cette masse impressionnable des frissonnements douloureux ; on entendait surtout une femme criant à intervalles réguliers, et d'une façon déchirante : « Mon pauvre frère, mais qu'est-ce qu'il avait donc fait pour qu'on le fusille ! » La fermentation recommençait de tous côtés, on réclamait de nous quelques mots d'adieu pour les morts. Nous étions fort embarrassé, car nous ne sommes rien moins qu'orateur, et nous sentions combien il était important et difficile de plaindre les morts en évitant de passionner les vivants. En pareille matière, le meilleur moyen d'apaiser les masses, c'est de céder à leurs désirs ; c'était l'avis d'une des personnes ceintes d'une écharpe, représentant donc l'autorité, et qui se trouvait à nos côtés. Après avoir consulté cette personne, qui nous assura qu'elle nous serait personnellement obligée de prononcer quelques mots sur ces douze fosses béantes, et tout en tremblant beaucoup, nous nous adressâmes à la foule qui nous écouta dans le plus profond silence. Nous fîmes du moins mal qu'il nous fut possible pour faire comprendre l'inopportunité des appels à la vengeance, pour engager chacun à attendre avec calme le résultat de l'enquête qui serait faite concernant les tristes événements qu'il ne nous appartenait ni de juger, ni d'apprécier ; nous affirmâmes hautement que le meilleur moyen d'obtenir justice, c'était de rester très-calme, et enfin, pour terminer, nous fîmes remarquer que c'était bien de songer à ceux qui n'étaient plus, mais qu'il fallait surtout penser aux veuves et aux orphelins qui restaient ; qu'il fallait donc que chacun fît un effort pour leur venir en aide, et qu'en ce qui nous concernait, outre notre modeste offrande personnelle, nous solliciterions sans crainte et sans honte la charité générale pour tâcher d'adoucir les maux de tant de malheureux.

. ˙ .

Cette allocution improvisée, et où la bonne intention remplaçait le talent oratoire, fut bien accueillie. Tout le monde se retira en silence, et, à la sortie du cimetière, chacun s'empressa de donner quelque chose pour les veuves. Cette collecte fournit immédiatement 120 fr. dont 70 en gros sous : les plus pauvres avaient donné leur obole.

. ˙ .

Il nous restait à nous occuper des blessés. Nous apprîmes alors que l'un d'eux venait encore de mourir, ce qui porte déjà le nombre des victimes à treize ; de plus, il reste, soit à l'hospice, soit à domicile, six hommes assez grièvement blessés pour que l'on puisse craindre pour leurs jours. Enfin, il y a encore une pauvre petite fille de douze ans, nommée Jenny Petit, qui a été très-gravement atteinte de deux balles et dont l'état nous semble désespéré. On voulut que nous allassions rendre visite à cette enfant, et, bien que le cœur commençât à nous manquer en présence de tant de douleurs, nous y consentîmes.

. ˙ .

La pauvre petite blessée occupe l'unique couche d'un pauvre ménage composé d'un mineur sans ouvrage, de la femme et de trois autres enfants plus jeunes. Elle a été frappée par deux balles qui l'ont atteinte par derrière. L'une est entrée par le dos et est ressortie par l'épaule en brisant le bras, l'autre a pénétré dans la cuisse où elle est restée.

La pauvre petite nous fit voir ses plaies, en nous expliquant elle-même comment elle avait été blessée. Malgré les souffrances qui altèrent ses traits, elle a une figure d'une douceur angélique. Elle ne pousse pas une plainte, malgré ses effroyables blessures qui exhalent déjà une odeur affreuse ; elle n'a pleuré que lorsqu'on a voulu la porter à l'hospice ; ses parents l'ont gardée alors, mais ils sont pauvres, ils ont trois autres enfants plus jeunes, et ils n'avaient pas de quoi acheter les remèdes nécessaires. Nous ne pouvons retenir nos larmes à tant de misère, et nous vidons sur le coin d'une table ce qui reste dans notre bourse en regrettant qu'elle ne soit pas plus grande. La mère nous présente la robe que portait la malheureuse enfant lorsqu'elle a été frappée. Le trou fait par la balle, dans le dos de la robe, est excessivement petit ; à la sortie, au contraire, il y a un morceau enlevé sur un espace de 7 à 8 centimètres carrés. Quelles horribles blessures doivent produire ces fusils chassepot !

Hélas ! hélas ! pourquoi faut-il que ce soient des Français, des femmes, des enfants qui fournissent aujourd'hui de si douloureux témoignages de leur puissance ?

. ˙ .

Notre mission était remplie. Nous quittons la Ricamarie, et nous retournons à Saint-Etienne, en proie à une émotion que toute personne ayant vu ce que nous venons de voir partagerait sans aucun doute. Une plume plus éloquente que la nôtre, saurait trouver des accents capables de faire passer dans le cœur de chaque lecteur une partie des sentiments qui nous agitent ; mais malgré le peu de crédit d'une voix aussi peu autorisée que la nôtre, nous osons espérer qu'elle sera écoutée par quelques personnes compatissantes lorsque nous dirons :

Il est arrivé sur un point de la France une épouvantable catastrophe ;

Nous ne savons pas, nous ne voulons pas savoir si les malheureuses victimes s'étaient justement attiré leur sort ;

Ce que nous savons, c'est qu'il y a des blessés qui souffrent ;

Ce que nous savons, c'est qu'il y a une pauvre et charmante enfant qui se meurt avec deux balles dans le corps ;

Ce que nous savons, c'est qu'il y a quatre veuves sans ressources ;

Ce que nous savons, c'est qu'il y a des souffrances à soulager, des innocents à secourir.

Pitié pour eux tous ! car nous qui avons vu, nous affirmons qu'il y a ici des gens simples, égarés peut-être, mais qui, loin d'être pervertis et malfaisants, sont foncièrement bons.

Pitié pour eux ! nous vous implorons, vous tous qui avez le superflu, en faveur des nombreux affligés qui gémissent à la Ricamarie.

LA GRÈVE DES MINEURS

DE SAINT-ÉTIENNE

Saint-Étienne, 21 juin.

Notre premier soin, ce matin, a été d'envoyer un exprès à la Ricamarie pour avoir des nouvelles des blessés. A son retour, il nous annonce qu'il semble y avoir amélioration dans l'état des nommés Pierre Barriol, 25 ans, et Jean-Marie Jeannès, 26 ans, célibataires; Jean Lyonnet, 34 ans; Renault, 25 ans; Chamas, 22 ans; Forget Tardy, 30 ans, mariés, et qui, s'ils mouraient, laisseraient quatre veuves, dont une, la femme Chamas, est enceinte de sept mois, et six enfants en bas âge. Espérons donc que le mieux se soutiendra, et que le nombre des veuves et des orphelins ne s'augmentera pas de ce nouveau contingent.

De plus, la femme Basson, atteinte au bras, la femme Royer, légèrement atteinte au corps, et deux mineurs dont on n'a pu nous donner les noms, ayant, l'un, l'orteil emporté, l'autre, le bras cassé, sont en bonne voie de guérison.

.˙.

Nous sommes heureux de ces bonnes nouvelles ; mais par contre, nous apprenons avec le plus vif serrement de cœur que l'état de la petite Jenny est empiré ; c'est du plus profond du cœur que nous prions la Providence de faire un miracle en faveur de cette pauvre petite, si cruellement punie d'avoir couru, poussée par sa curiosité enfantine, sur le passsage des soldats qui, suivant sa propre expression, « faisaient de la musique ». Cette musique, c'était le pas accéléré battu par les tambours !

.˙.

Toutes ces misères à soulager ont déjà presque entièrement absorbé le montant des premiers secours. Aussi nous promettons-nous alors d'insister à nouveau sur notre appel à la charité générale, et nous espérons qu'il sera favorablement accueilli.

Et comment ne le serait-il pas ? Est-ce qu'aujourd'hui, sur les champs de bataille, on ne relève pas indistinctement tous les blessés sans regarder la couleur de leur uniforme ? Après le combat il n'y a plus d'ennemis, il n'y a que des malheureux qui souffrent et qu'il faut soulager. Nous ne pouvons donc refuser à des Français, bien mieux à des femmes, à des enfants, la pitié que nous ressentirions pour des étrangers ; nous croyons donc fermement que toute la presse sans distinction aucune voudra s'associer à cette œuvre charitable, car, grâce à Dieu, en France, lorsqu'il s'agit de charité, il n'y a plus ni partis ni opinions politiques.

Il est bon d'ailleurs de voir à côté de la force qui soutient et fait respecter le pouvoir la bienfaisante humanité qui le fait aimer et bénir.

.˙.

Saint-Etienne est fort impressionné par tous ces événements. Tout le monde s'accorde à rendre justice au dévouement montré par le maire, M. Charvet ; plusieurs fois il est allé en personne haranguer des bandes d'ouvriers qui, poussés par quelque mauvaise tête, se dirigeaient vers les puits avec l'intention de faire sauter les soupapes des chaudières, ce qui entraîne l'arrêt forcé des machines d'épuisement.

Il a toujours réussi à leur faire comprendre que ces manœuvres dépassent et de beaucoup les facilités faites aux ouvriers par la loi sur les coalitions, et constituent un véritable attentat contre la propriété, placée sous la sauvegarde de la force publique.

La situation de M. Charvet est cependant loin d'être

facile; le conseil municipal, par suite de démissions successives, se trouve réduit à onze membres qui ont cru pouvoir, malgré leur nombre restreint, voter une adresse demandant que le 4e de ligne soit écarté de Saint-Etienne.

Cette délibération a été probablement motivée par un article du journal l'*Eclaireur* qui, dans un compte rendu passionné qualifiat de « massacre » le conflit de la Ricamarie, et attaquait violemment l'officier qui commandait le détachement.

Cet article a motivé la saisie du journal et a été ensuite démenti le lendemain de la façon la plus humble par le rédacteur qui l'avait rédigé et signé.

Si peu régulière que soit la délibération du conseil municipal, elle est fort regrettable; des fonctionnaires publics ne devraient pas oublier que, lorsque la justice est saisie d'une affaire, il n'appartient plus à personne de formuler une accusation, ni même d'émettre un blâme concernant l'une quelconque des parties en cause.

D'ailleurs, un fait sur lequel tout le monde est d'accord et qui ressort pleinement du rapport de l'officier commandant, c'est que le déplorable conflit de la Ricamarie est le résultat d'un mouvement spontané des soldats qui, se voyant assaillis de tous côtés, cédèrent à un sentiment instinctif de légitime défense. Il est donc matériellement impossible que la responsabilité de cette déplorable catastrophe puisse en aucun cas remonter jusqu'aux officiers.

Nous n'avons pas l'honneur de connaître le capitaine Gausserand, le hasard ne nous a pas permis de le rencontrer ; nous pouvons donc, sans nous laisser impressionner par le souvenir de la personne, exprimer en toute confiance l'effet que nous a produit le rapport dressé sur ces événements.

.˙.

L'officier rend compte à ses chefs, brièvement, sobrement, de ce qui s'est passé ; mais à travers la sécheresse officielle, on sent percer une sorte de note intime qui révèle que le cœur de l'homme bat tout ému sous la tunique du soldat. Nous affirmerions, sans crainte de nous tromper, qu'il n'est pas en France un homme qui s'apitoye plus sur le sort des victimes que le capitaine Gausserand, qu'il n'en est pas un disposé plus que lui à témoigner de la pitié aux pauvres orphelins que les hommes placés sous ses ordres ont fait sans son commandement.

Supposer le contraire, ce serait calomnier l'armée ! Pour l'oser, il faudrait n'avoir jamais vu nos soldats, si braves pendant l'action, si doux après le combat. — Pour nous qui, en Italie, avons vu les Français, sans distinction de grades, prodiguer les soins les plus touchants aux blessés autrichiens, nous affirmons et nous soutenons hautement qu'en France valeur et compassion se confondent dans le cœur du soldat.

.˙.

Au reste, à part de bien rares exceptions que l'on

pourrait compter, tous ces mineurs dont on veut faire des révolutionnaires farouches, placés sur le passage du Souverain, s'empresseraient, sans aucun doute, de lui donner les marques les moins équivoques de l'attachement le plus dévoué. Nous n'avons pas entendu, même au moment où l'exaspération était à son comble, proférer un seul mot contre le chef de l'État. Bien plus, nous avons entendu répéter nombre de fois à nos côtés : « Ah ! si l'Empereur était ici, il nous protégerait, lui ! »

.˙.

Puisque le hasard s'était chargé de nous mettre du premier coup en rapport direct avec les mineurs, nous résolûmes d'en profiter pour obtenir le plus de renseignements possibles sur les questions qui s'agitent aujourd'hui dans le bassin de la Loire. Afin d'assurer à nos appréciations la plus grande somme d'impartialité possible, nous nous sommes adressé d'abord à des chefs d'établissements importants, puis à des ingénieurs, puis à des contre-maîtres, puis au plus humble mineur, et même à quelques personnes désignées à tort ou à raison, par l'opinion publique, comme agitant en dessous main les mauvaises passions des ouvriers en grève.

Nous nous réservons d'exposer prochainement le résultat de l'espèce d'enquête à laquelle nous nous sommes livré. Nous n'avons nullement la prétention de nous croire infaillible, et si nous commettons quelque erreur involontaire, nous nous ferons un devoir de faire droit aux réclamations fondées qui nous seraient adressées.

Il est une chose que nous affirmons, c'est que nous avons apporté dans la rédaction de ces notes la plus complète indépendance comme la plus entière bonne foi, et nous nous croirons complétement récompensé de nos peines si nous sommes assez heureux pour jeter un peu de jour sur la question douloureuse et obscure qui s'appelle : la grève des mineurs de la Loire en 1869.

LÉON HECKISS.

La publication des articles que l'on vient de lire nous fit représenter par certaines personnes comme un Radical (c'est le mot à la mode aujourd'hui), et même comme un ennemi de l'ordre, de la famille et de la propriété. Un journal officieux, dont la violence fait certainement plus de mal que de bien à la cause qu'il prétend servir, combattit ardemment la souscription ouverte par le *Moniteur* en faveur des blessés, des veuves et des orphelins de la Ricamarie ; il voulut faire considérer ces actes de pure charité comme une insulte envers l'armée, et il flétrit cette généreuse initiative du nom de souscription de l'émeute; quelques amis timorés voulaient que l'on cédât à cette pression officieuse, et que l'on retirât la souscription. Nous ignorons s'il est des personnes assez tristement douées pour voir dans la bienfaisance un moyen de satisfaire des rancunes politiques ; quant à nous qui avons vu, de nos yeux vu, des blessés, des veuves et des orphelins sans ressources, si nous avons adressé un appel à la charité publique, c'est que nous avions le cœur navré, et que nous désirions ardemment venir de suite en aide à des malheureux.

Nous n'avons donc pas cru devoir nous laisser arrêter par les insinuations malveillantes qui étaient dirigées contre nous et l'administration du *Moniteur universel* n'a pas hésité un seul instant à se porter garante de notre loyauté.

Et comme nous sommes persuadé qu'en toutes choses on ne saurait mieux faire que d'agir au grand jour, nous nous rendîmes au ministère de l'intérieur pour répondre personnellement de notre conduite et de nos intentions.

Nous devons dire que nous y avons trouvé un accueil bien différent de celui que pouvait faire présumer le ton de certaine presse officieuse. On nous accusa, il est vrai, d'avoir passionné les esprits, par l'élément dramatique introduit dans nos articles; on contesta l'opportunité de notre souscription, mais du moins on n'attaqua en aucune manière l'honnêteté de nos intentions et on convint même que l'on ne pouvait voir que de très-bon œil les secours donnés à des blessés ou à des orphelins innocents. — Quant à nous, fort de notre conscience, nous répondîmes que loin de regretter d'avoir agi ainsi que nous l'avons fait, nous n'hésiterions pas à recommencer si nous étions placé dans les mêmes circonstances; et nous soutînmes que la charité, après une répression sanglante, offrait le meilleur moyen de calmer les esprits irrités, et qu'en conséquence il nous semblait que la souscription du *Moniteur* aurait dû être encouragée par le gouvernement lui-même.

Nous devons dire que M le directeur général, qui a longtemps administré le département de la Loire, ne partagea pas notre manière de voir ; il combattit nos raisons avec beaucoup de vivacité, mais aussi avec la plus parfaite urbanité ; et certes, rien n'était plus capable de nous rattacher à son opinion, si la nôtre n'eût été le résultat de convictions personnelles bien arrêtées, et confirmées encore par les événements auxquels nous venions d'assister.

Nous partions de deux points de vue tellement opposés que nous dûmes nous séparer, après une longue conversation, sans avoir pu nous mettre d'accord ; mais en quittant M. le directeur général, nous emportions avec reconnaissance le souvenir de sa parfaite courtoisie, et nous lui laissions, du moins nous osons l'espérer, l'idée que tout en ne partageant pas sa manière de voir, nous ne sommes en aucune façon un radical ennemi de la famille et de la propriété.

Le public ne s'est nullement mépris sur nos intentions ; il vit dans l'appel que nous adressions à la charité publique un moyen de conciliation véritable; il répondit généreusement à notre demande, et en deux ou trois jours nous reçûmes cinq mille et quelques cents francs, que nous fîmes parvenir au maire de la Ricamarie pour qu'il en fît la répartition entre les diverses familles des victimes de ce déplorable événement.

Des personnes appartenant aux rangs élevés de la société, occupant même un poste important dans les sphères officielles, nous adressèrent personnellement leur offrande, en l'accompagnant de marques de sympathie qui nous furent d'autant plus précieuses qu'elles nous dédommageaient amplement des injustes attaques qui avaient été dirigées contre notre personne ou nos intentions.

Que tous ceux qui nous ont prêté leur concours dans l'œuvre charitable que nous avions entreprise en reçoivent ici nos remercîments les plus vifs et les plus sincères.

LÉON HECKISS.

Paris-Imp. PAUL DUPONT, 41, rue Jean-Jacques-Rousseau. (2659.7.9)

Paris.-Imp. PAUL DUPONT, 41, rue Jean-Jacques-Rousseau.

www.ingramcontent.com/pod-product-compliance
Ingram Content Group UK Ltd.
Pitfield, Milton Keynes, MK11 3LW, UK
UKHW012246240726
13966UKWH00004B/1332

9 782011 780171